...TITS LIVRES DE M. LE CURÉ,

Bibliothèque du Presbytère, de la Famille et des Écoles.

L'ESPIÈGLE D'ANVERS,

PAR

S. H. BERTHOUD.

PAUL MELLIER, ÉDITEUR,
PLACE SAINT-ANDRÉ-DES-ARTS, 11.

... centimes broché ; 35 centimes cartonné. 60

LES
PETITS LIVRES DE M. LE CURÉ,

BIBLIOTHÈQUE
du Presbytère, de la Famille et des Écoles.

L'ESPIÈGLE D'ANVERS,

PAR

S.-H. BERTHOUD.

PARIS,
PAUL MELLIER, ÉDITEUR,
PLACE SAINT-ANDRÉ-DES-ARTS, 11.

IMPRIMÉ PAR PLON FRÈRES, A PARIS.

L'ESPIÈGLE D'ANVERS.

I.

La sortie de l'école.

On voit encore, près du marché au poisson, à Anvers, une petite maison à pignon pointu et bâtie en bois. Au milieu de la façade, dans une niche dont la forme n'appartient à aucune es-

pèce d'architecture connue, se tient encore debout une statuette vermoulue de saint Nicolas avec les trois enfants ressuscités qui sortent d'une cuve.

C'est dans cette maison que maître Bogaerts tenait école au commencement du dix-septième siècle, et qu'il rassemblait tous les enfants du plus pauvre quartier de la ville pour leur apprendre le catéchisme et la croix de Dieu. A ceux qui annonçaient de brillantes dispositions il enseignait les deux sciences, encore peu répandues parmi les prolétaires, de la lecture et de l'écriture.

Le magister Bogaerts comptait environ cent écoliers, parmi lesquels il maintenait l'ordre au moyen de la férule et de la verge, dont il distribuait les douloureuses réprimandes avec une abondance qui souvent allait jusqu'à la prodigalité. Les enfants qu'il traitait avec une pareille rudesse n'en bravaient pas moins l'inexorable rigueur du maître, et trouvaient moyen de se livrer sans cesse à mille espiègleries plus bouffonnes les unes que les autres, et qu'ils expiaient parfois aux dépens de leurs doigts, de leurs oreilles et de leur appétit. Aux moyens de répression déjà énumérés, maître Bogaerts joignait encore un goût dé-

cidé pour punir les récalcitrants de la loi de l'abs-
tinence et du pain sec.

L'un des écoliers les plus châtiés et les plus
dignes de châtiment était sans contredit le petit Gaspard Crayer, âgé de douze ans, et dont
la pétulance faisait l'envie et le désespoir de
tous ses camarades ; nul ne l'égalait en gaieté,
en reparties joyeuses, en malices originales et
en tours excellents. C'est à lui que l'on doit
l'invention des petites bombes en papier et pleines d'eau, qui éclatent lorsqu'on les lance sur
le dos d'un camarade ; il s'appliqua singulière-
ment à perfectionner les flèches en papier, et
enfin il imagina les rats découpés en feutre et
frottés de craie, qui frappent, sans qu'elles le
sentent, les *failles* ou voiles noirs des bonnes
femmes d'Anvers, et y dessinent, en blanc, leur
image comique. Gaspard Crayer, avec de pa-
reilles qualités ou de pareils défauts, comme
vous voudrez les appeler, était toujours en pénitence, on le comprend sans peine ; son nom
seul suffisait pour crisper d'indignation les traits
du magister. Quand l'écolier indiscipliné pa-
raissait dans la classe, le vieux professeur re-
gardait à sa ceinture s'il n'avait point oublié ses
férules et si elles se trouvaient en bon état.

Plusieurs fois il avait songé à renvoyer de

chez lui un enfant qui se faisait un véritable plaisir d'y amener et d'y maintenir le trouble ; mais il avait toujours été arrêté par cette pensée, que Gaspard était son meilleur élève, qu'il comprenait les leçons à demi-mot, qu'il avait appris en trois mois à lire et à écrire, et qu'enfin il abordait avec le même succès les âpres sommités de l'arithmétique et des quatre règles. Bogaerts se contentait donc de substituer aux bons déjeuners que l'enfant apportait dans son petit panier le pain noir des indisciplinés ; il le mettait en outre à genoux au milieu de la classe, et se fatiguait les bras à le féruler et à le fouetter.

L'après-midi que je veux dire, Gaspard avait dépassé toutes les bornes de la gaminerie et avait jeté ses camarades dans une indiscipline sans exemple jusqu'alors. Le magister ne pouvait en comprendre les motifs, attendu qu'il ne songeait point à ôter son chapeau, et qu'à son chapeau se trouvait l'objet que les enfants ne pouvaient regarder sans rire. Gaspard avait découpé des cartes, de façon à en fabriquer un petit pantin ; puis il avait, avec un peu de cire, attaché ce pantin au chapeau de maître Bogaerts, tandis que le chapeau reposait, pendant la prière, sur la table du pédagogue.

Bogaerts s'étant recouvert ensuite, je vous

laisse à juger des éclats de rire que firent naître les mouvements du bonhomme de carton : le malicieux enfant l'avait figuré en magister, la férule à la main. Plus le maître s'efforçait de deviner la cause de l'hilarité générale, plus cette hilarité redoublait; car il la cherchait partout excepté là où elle se trouvait. Furieux, exaspéré, il appela Gaspard, le fit approcher de lui, l'interrogea, le menaça, et le châtia même. A tout, l'enfant répondit par des protestations d'innocence, déclara qu'il ignorait le motif de la gaieté de ses camarades, et reçut en héros et en martyr les férules qui rougirent ses doigts.

Enfin, quatre heures vinrent à sonner.

Le magister ôta son chapeau pour dire la prière. Par un hasard inespéré, le pantin se détacha du chapeau du vieillard et tomba sur la tête même de Gaspard, qui le cacha subitement dans sa poitrine; puis, quand le maître eût donné le signal du départ, il jeta un cri de triomphe et s'élança le premier de tous hors de l'école, en brandissant le bonhomme de carte, comme un cornette l'eût fait de son drapeau. Il dansait, il sautait, il piaffait, il gambadait, il criait, et tous les autres enfants le suivaient en désordre, avec des cris émules des siens. Ce fut ainsi qu'il arriva devant la porte où demeuraient

sa grand'mère et ses deux petites sœurs. Là, il
prit congé de son cortége triomphant, promit
pour le lendemain une nouvelle malice encore
plus amusante que celle dont le succès avait été
si grand, et frappa vivement trois ou quatre
coups précipités du marteau de cuivre qui bril-
lait sur la porte.

A sa grande surprise et contre l'habitude ordinaire, la vieille servante Gudule n'arriva point
au premier coup, joyeuse et grondeuse à la fois,
car elle aimait éperdument le pétulant Gas-

pard, et elle passait sa vie à réprimander ses
espiègleries et à en sourire.

Il frappa de nouveau.

On ne répondit point encore.

Il recommença son tapage.

Enfin, il entendit les pas de Gudule, et la
vieille femme ouvrit la porte. Rien qu'à la voir,
Gaspard sentit toute sa gaieté s'évanouir ; car le
visage de Gudule était pâle, et des larmes rem-
plissaient ses yeux. Elle lui fit signe d'éviter le
bruit et voulut parler ; mais les sanglots lui
coupèrent la voix, les forces lui manquèrent, et
elle tomba plutôt qu'elle ne s'assit sur la mar-
che du seuil.

« Qu'y a t-il, mon Dieu ? s'écria Gaspard,
qui sentit la tristesse de la servante arriver jusqu'à son cœur, quoiqu'il en ignorât encore les
motifs : parle, parle, je t'en supplie, Gudule !

Elle joignit les mains, et se couvrit le visage
en pleurant avec amertume.

Gaspard, éperdu d'inquiétude, voulut s'élan-
cer dans la maison. Gudule se leva pour le retenir, et, faisant un effort violent, maîtrisa
quelque peu sa douleur.

« N'entre pas avant que je t'aie tout dit,
parvint-elle à bégayer enfin ; n'entre pas, Gaspard, tu n'apprendras que trop tôt les malheurs

qui ont frappé notre maison depuis ce matin.

— Quels malheurs, mon Dieu! s'écria Gaspard.

— Ta grand'mère...

— Ma grand'mère! il est arrivé un malheur à ma bonne grand'mère?

— Elle se meurt, Gaspard! »

A ces mots terribles, Gaspard tomba roide et inanimé aux pieds de Gudule.

Les soins de la vieille bonne l'eurent bientôt rappelé à la vie. Il rouvrit les yeux et passa ses petites mains sur son front, comme s'il eût fait un rêve funeste et qu'il eût voulu s'en délivrer par le réveil. Hélas! il ne se rappela que trop promptement que tout était vrai.

« Ma grand'mère! ma grand'mère, répétait-il avec désespoir! Et je ne suis pas encore près d'elle! Viens, Gudule, viens!

— Pour que je vous mène près d'elle, il faut que vous me promettiez du courage et de la prudence, Gaspard, reprit la vieille. Écoutez-moi bien, afin que vous connaissiez tous les détails de cette triste après-midi.

» Le matin, quand votre grand'mère revint, suivant son habitude, de la messe, elle me parut fatiguée et même souffrante. Je lui servis son déjeuner, auquel elle ne fit point fête avec son appétit ordinaire ; enfin, quand elle prit son rouet, je m'aperçus que sa main tenait mollement la quenouille ; après cela, je conduisis vos deux petites sœurs à l'école.

» Quand je revins, je trouvai votre grand'-mère étendue sans mouvement près de son rouet.

» Je vous laisse à penser mon désespoir et mon effroi.

» Je relevai ma maîtresse, en jetant des cris qui, grâce à Dieu, furent entendus du voisinage. Deux ou trois personnes accoururent, et on alla chercher en toute hâte le médecin. Le médecin arriva.

» L'état de la malade est grave, dit-il enfin ; mais, pour déclarer s'il reste pour elle des chances de salut, il faut que j'attende jusqu'à cinq heures que la maladie ait pris un caractère tout à fait prononcé. Je viendrai à cinq heures.

» A cinq heures, Gaspard... et cinq heures vont sonner ! et j'attends le médecin, qui va déclarer si Dieu nous conserve votre grand'-mère ou s'il la rappelle à lui dans le ciel ! »

En ce moment, on entendit le pas d'une mule retentir dans la rue, et l'on vit de loin arriver le médecin.

C'était un de ces hommes graves et laconiques, avares de leur temps et de leurs paroles ; parce que leur temps sert à soulager les souffrances et que les paroles inutiles sont du temps perdu. Il descendit de sa monture qu'il attacha par la bride au marteau de la porte, sans adresser un mot ni à l'enfant ni à la vieille, entra de suite dans la maison, et se dirigea vers la chambre de la malade.

Gaspard le suivit. Son cœur battait à rompre sa poitrine, et ses jambes se dérobaient sous lui.

On avait fermé les volets des fenêtres, pour que le jour ne blessât pas les yeux affaiblis de la vieille femme. Une lampe placée dans un coin de la vaste pièce, éclairait seule, de sa lueur vacillante et funèbre, cette scène de désolation.

La grand'mère de Gaspard était étendue sans mouvement sur le lit. Sa face ridée et brune se détachait vigoureusement sur les draps d'une blancheur mate. Il y avait dans tous les traits de ce visage vénérable, je ne sais quoi de roide et de cadavéreux qui eût effrayé même un spectateur indifférent, et qui remplit Gaspard de découragement et de terreur. De temps à autre, elle entr'ouvrait ses yeux ternes et sans regard, les promenait lentement autour d'elle, et reprenait sa première immobilité. Parfois encore ses mains, sorties de la couverture et agitées par un mouvement convulsif, semblaient chercher un objet qu'elles ne trouvaient pas. Alors, la malade semblait faire des efforts pour parler, mais il ne sortait de ses lèvres que des sons inintelligibles et confus.

Gaspard tomba à deux genoux, joignit les mains et pria avec ferveur. Gudule l'imita ; les deux voisines assises au chevet de la vieille femme, se levèrent quand elles aperçurent le médecin et se tinrent respectueusement debout, tandis qu'il s'approchait du lit.

Il prit le bras de la malade et en interrogea le pouls pendant deux minutes environ.

Il se fit, durant ce temps-là, un tel silence dans la chambre, qu'on entendait seulement la respiration inégale et faible de dame Crayer.

Le médecin laissa retomber avec tristesse le bras qu'il tenait et se pencha sur le lit en éclairant de la lampe le visage de la grand'mère de Gaspard. Il promena ses mains sur le front brûlant, il étudia le souffle qui sortait des lèvres. Gaspard et Gudule qui tenaient leurs yeux attachés sur l'homme qui allait décider de la vie ou de la mort de dame Crayer, virent ses traits se rembrunir insensiblement et de plus en plus ; ils finirent par prendre un caractère de vive compassion.

— Faites sortir cet enfant, dit-il en montrant Gaspard.

Gaspard se cramponne au lit de sa grand'-mère, et résolu à ne point obéir :

— J'aurai du courage, monsieur le médecin, dit-il, je suis un homme.

Celui-ci le regarda et parut satisfait du courage que témoignait le jeune garçon.

« Dieu te donne de la force et daigne te consoler, ajouta-t-il, car voici le moment de l'épreuve qui arrive ! »

Puis se tournant vers Gudule :

« Ma bonne fille, lui dit-il, allez demander à monsieur le curé de la paroisse qu'il se hâte de venir donner les derniers sacrements à une âme chrétienne prête à quitter bientôt ce monde. »

Gaspard sentit ses forces le braver de nouveau, et un instant ses yeux cessèrent de voir, un instant sa raison l'abandonna, mais par un effort surhumain, il surmonta cette crise et resta debout.

Le médecin qui avait compris quelle lutte terrible se passait dans le cœur de l'enfant, alla à lui et l'embrassa.

« Viens prier près de moi pour ta grand'-mère, » dit-il en s'agenouillant lui-même.

II.

L'extrême-onction.

Gudule, dès qu'elle eut reçu du docteur l'ordre d'aller demander les derniers sacrements pour sa maîtresse, obéit avec une promptitude pleine de désespoir. Elle courait d'une façon machinale, presque involontairement et sans savoir ce qu'elle faisait ; sa raison était anéantie par la douleur.

Elle jeta quelques mots effarés au sacristain de l'église, et revint au logis faire, avec le même accablement fiévreux, les préparatifs nécessaires pour la lugubre solennité. Aidée de ses deux voisines, elle cacha les glaces sous des voiles, disposa une table en façon d'autel, et détacha d'une petite chapelle élevée entre les rideaux même du lit de la malade, un grand crucifix d'ivoire appliqué sur un fond de velours noir.

Dix minutes s'étaient à peine écoulées qu'on entendit au loin le son clair d'une sonnette. Bientôt ce bruit devint plus distinct, et il s'y mêla le murmure d'une grande foule et un bruit de pas nombreux.

Enfin on ne tarda point à apercevoir un dais sous lequel se tenait un prêtre, le saint ciboire à la main. Il était accompagné de deux clercs et d'un enfant de chœur. Autour de lui s'avançaient processionnèllement un grand nombre de bourgeois, des flambeaux de cire à la main; une foule immense entourait et terminait le cortége. Chacun se tenait respectueusement la tête découverte. Les passants qui rencontraient ce cortége s'y réunissaient aussitôt.

Quand on fut arrivé devant la maison de dame Crayer, le prêtre s'arrêta et fit face à la foule.

On s'agenouilla ; le vieillard souleva l'ostensoir dans ses mains et bénit tous ces chrétiens humblement prosternés devant le Saint-Sacrement.

Ensuite, il monta les marches de la maison. A l'exception du clergé et de six bourgeois portant des flambeaux, personne ne se leva. Chacun demeura dans l'attitude de la prière et du recueillement.

Quand le ministre de Dieu entra dans la chambre de la mourante, les sanglots de Gaspard, de Gudule et de trois pauvres petites filles qu'une voisine était allée chercher à leur école, ne purent se contenir, et se mêlèrent au psaume que récitait à voix basse le curé. Celui-ci disposa le saint ciboire sur la table érigée en chapelle, bénit la chambre et fit signe à chacun de se retirer.

Il resta seul avec celle que l'ange du trépas avait touchée au front de son doigt glacé. Il se pencha vers elle, et lui dit d'une voix lente et forte :

« Voulez-vous mourir en chrétienne, fidèle à la loi de Jésus-Christ et à la doctrine de la foi catholique, apostolique et romaine ? »

Dame Crayer tressaillit de tous ses membres, comme si elle eût été frappée par une comme-

2

tion électrique. Ses yeux s'entr'ouvrirent, sa bouche parut respirer plus librement, et sa tête se souleva.

Le prêtre répéta sa question.

La vieille femme joignit les mains, et dit d'une voix faible, mais distincte :

« Je remercie Dieu de sa bonté ; il me permet de mourir en chrétienne. »

L'ecclésiastique ému, s'agenouilla, fit le signe de la croix. Dame Crayer unit ses prières aux prières du curé, et commença ensuite à se confesser. Hélas ! dans cette vie calme et pure, consacrée entièrement à l'accomplissement scrupuleux de tous ses devoirs, il y avait à peine place pour de légers repentirs. Rien ne souillait la robe nuptiale de ce convive prêt à s'asseoir pour toujours au festin de la vie éternelle.

Le prêtre bénit la pénitente, lui donna l'absolution et éleva la voix. Alors on s'empressa de rentrer ; les enfants et Gudule poussèrent un cri de surprise et de joie en voyant dame Crayer soulevée sur ses oreillers les mains jointes et prête à recevoir pieusement le pain céleste.

Ils tournèrent leurs yeux avec espérance vers le médecin.

Lui secoua tristement la tête, et leur montra du doigt le ciel.

Le prêtre, après avoir fait communier dame Crayer, lui administra le sacrement de l'extrême onction avec les cérémonies simples et imposantes que prescrit le rit catholique ; ensuite il récita les psaumes de la pénitence et commença les prières des agonisants.

On entendit seulement sa voix basse et mélancolique qui disait les psaumes, et à laquelle répondait le murmure des assistants par une sorte de chœur lugubre. L'homme le plus indifférent, un impie lui-même, se fussent sentis des larmes dans les yeux en assistant à cette scène majestueuse et touchante.

Les dernières prières terminées, le prêtre jeta quelques gouttes d'eau bénite sur le lit, reprit le saint ciboire, quitta la chambre et sortit de la maison ; la foule l'attendait encore agenouillée dans la rue. Il la bénit de nouveau : on se leva, le cortége s'organisa, et peu à peu le tintement de la sonnette et le bruit de la multitude s'éteignirent au loin et cessèrent de se faire entendre.

Alors dame Crayer, qui était restée plongée dans un profond recueillement, releva la tête et fit signe à ses quatre enfants de s'approcher de son lit.

Gudule prit les deux plus jeunes petites filles par la main, Gaspard s'avança conduisant avec lui sa sœur aînée.

« Mes enfants, dit la mourante, je vais vous adresser les dernières paroles que vous entendrez sortir de mes lèvres ; gravez-les dans votre mémoire et ne les oubliez jamais, toi surtout, Gaspard.

» Je vous laisse bien pauvres et bien abandonnés sur la terre, mes chers amis. Orphelins tous les quatre, vous n'aviez que moi pour veiller sur vous ; il faut, malgré ta jeunesse, que tu me remplaces près de tes sœurs, Gaspard. Tu dois cesser dès à présent d'être un enfant pour devenir un homme. Gudule, reste pour administrer le ménage et tenir en ordre la maison... Mais toi, il faut que tu prennes le gouvernement de la famille dont tu deviens le chef. Songes-y bien, nous sommes presque tout à fait des étrangers, dans cette ville où ton père est mort quelques mois après son arrivée. Je ne sais même pas si, parmi le petit nombre de personnes que nous connaissons, quelqu'un voudra se charger de devenir le tuteur d'orphelins presque sans ressources et qui n'appartiennent pas au pays. Mais je compte sur la protection divine, sur ton bon cœur et sur ton courage : je puis y compter, n'est-ce pas ? »

Gaspard se leva, étendit la main sur la tête de sa grand'mère, et répondit d'une voix ferme :

« Je vous le jure, grand'mère ! »

Une joie vive brilla dans les yeux de la mourante ; elle posa ses deux mains sur le front de Gaspard :

« Enfant, murmura-t-elle, je te bénis au nom de la sainte Trinité : Notre-Dame et son divin Fils te protégeront et te seront en aide ; ta grand'mère priera pour toi et pour tes sœurs aux pieds de Dieu. »

En achevant ces paroles, elle laissa retomber doucement sa tête sur l'oreiller, et prit dans ses mains le crucifix qu'avait laissé le prêtre sur le lit. Elle ne s'occupait plus que de pensées célestes et du redoutable instant qui allait l'amener devant le souverain juge. Cependant, par intervalles, son regard se détournait de la croix pour chercher les quatre enfants éplorés qui priaient près d'elle, brisés par la douleur.

Quand l'*Angelus* commença au clocher de l'église Saint-Jacques, elle fit un mouvement, regarda fixement Gaspard et agita la main ;

puis elle resta immobile, les yeux ouverts, et la main étendue vers son petit-fils.

Elle était morte !

Gaspard emmena ses sœurs, les confia aux soins de Gudule, et revint seul dans la chambre de la trépasssée.

Personne ne songea à s'opposer à la volonté du jeune garçon, tant il fit cette démarche avec résolution : ce fut lui qui ferma les yeux de la sainte femme, lui qui alluma le cierge mortuaire, lui qui donna un dernier baiser sur le front vénérable que glaçait déjà le froid éternel.

Après cela il se mit en prières, et ce ne fut

que fort avant dans la soirée qu'il vint rejoindre ses sœurs et Gudule.

Il ne dit à personne ce qu'il avait fait pendant tout ce temps, et néanmoins il s'était livré à quelque travail mystérieux.

Gudule présenta à Gaspard le trousseau de clefs que, jusqu'à l'heure de sa mort, avait toujours conservé dame Crayer.

« Gardez-le, répondit Gaspard, gardez-le, Gudule, jusqu'au jour où ma sœur aînée sera assez âgée pour le recevoir de vous et pour prendre la direction du ménage. Jusque là vous disposerez de tout au logis en femme intelligente et dévouée, comme vous le faisiez du vivant de notre grand'mère. »

Il alla ensuite à ses sœurs, les embrassa et leur dit :

« Quant à vous, mes pauvres enfants, il faut aller vous coucher. Le bon Dieu vous enverra du sommeil, non pour vous consoler, car il n'y a point de consolations possibles dans le malheur qui nous frappe, mais pour vous aider à supporter votre douleur. »

Elles obéirent, et Gaspard s'enferma de nouveau dans la chambre mortuaire avec la vieille Gudule.

Son courage ne se démentit pas un seul mo-

ment au milieu des cruels devoirs qu'il lui restait à remplir. Il aida à la fidèle servante à
ensevelir dans le linceul funèbre les restes ina-
nimés de sa grand'mère. Ce fut lui qui soutint
la tête du cadavre lorsqu'on le déposa dans la
bière. Enfin il suivit le convoi, pâle, brisé par
le désespoir, mais sans témoigner de faiblesse,
sans rien perdre de sa présence d'esprit. Il n'y
eut qu'un moment où l'épreuve dépassa ses forces, ce fut lorsqu'il entendit la première pel-
letée de terre tomber sur le cercueil. Alors il
détourna convulsivement la tête, ses larmes
éclatèrent et des sanglots s'échappèrent de sa
poitrine. Mais bientôt il surmonta son émotion, et, quand il revint près de ses sœurs et
de Gudule, il avait assez de calme pour supporter, sans y succomber, cette nouvelle épreuve.

Le soir même, Gaspard demanda à Gudule
les deux sommes nécessaires pour payer le médecin et les frais d'enterrement.

Il se rendit d'abord chez le curé. Celui-ci
l'accueillit avec bonté et refusa d'accepter l'argent qu'il lui apportait.

— Mon enfant, lui dit-il, vous êtes orphelin et vous avez trois sœurs; il faut garder cela
pour votre famille. Un jour, si vous devenez riche, vous distribuerez aux pauvres le double

de ce que vous m'apportiez aujourd'hui. Notre divin maître a dit : « Laissez venir les petits enfants près de moi. » Il vous protégera, car vous montrez une intelligence et une sensibilité au-dessus de votre âge.

» Demain matin je célébrerai une messe à l'intention de votre sainte grand'mère, venez y assister avec votre famille. »

Gaspard, ému, porta à ses lèvres les mains du bon prêtre, et partit le cœur trop plein pour pouvoir répondre un seul mot.

Au sortir du presbytère, il rencontra le vieux médecin. Celui-ci, dès qu'il le vit, descendit de dessus sa mule et alla droit à l'enfant.

« Que veux-tu faire ? lui demanda-t-il ; te voilà chef de famille, et il faut que tu songes à remplir dignement tes devoirs.

Je compte sur vos bons conseils, mon savant maître, reprit Gaspard qui tournait et retournait dans ses mains son petit sac d'argent ; mais je voudrais d'abord m'acquitter envers vous. »

Le médecin le regarda d'un air courroucé.

« Et depuis quand supporte-t-on qu'un disciple d'Hippocrate prenne l'argent des orphelins ? s'écria-t-il d'un ton grondeur. Cet argent appartient à tes sœurs, et tu ne peux en disposer. Reporte-le chez toi, et garde-toi de

persévérer dans tes offres, ou, par la sainte
Vierge, nous nous fâcherions.

» Voyons, parle-moi de tes projets, cela
prouvera plus de bon sens que ta persévé-
rance à me tendre ce sac.

— Je voudrais bien soumettre quelque chose
à vos avis, » reprit Gaspard encouragé par cette
bienveillante brusquerie. Il tira de son sein un
petit portefeuille, et montra au médecin un
dessin fait d'après dame Crayer après sa mort.

Ce dessin était sans art, assurément, mais il
annonçait un talent véritable chez l'enfant de
douze ans qui l'avait exécuté.

Le médecin, sans rien dire, remonta sur sa mule, prit Gaspard en croupe, et se rendit chez le célèbre peintre Otto Venius. Il lui montra à la fois le croquis et l'auteur.

« Cet enfant sera un grand peintre, » s'écria un jeune homme qui dessinait près d'Otto Venius et qui s'était levé pour regarder le portrait.

Ce jeune homme s'appelait Pierre-Paul Rubens.

III.

Le secret.

Un an après, le magister, que nous avons vu au commencement de cette histoire régentant sa classe et entouré de turbulents espiègles, se promenait le soir sur le rivage de l'Escaut. Fatigué de son pénible métier, il cherchait, vers la fin d'une journée de labeur et d'ennuis, à goûter un peu de calme, de repos et de distraction. Après s'être long-temps promené, il arriva dans un lieu planté d'arbres, s'assit au pied d'un chêne, et ne tarda point à tressaillir de surprise et de joie en entendant deux voix qui lisaient tout haut Virgile et qui s'en expliquaient mutuellement les beautés. Il y avait tant d'enthousiasme et tant d'intelligence dans l'admiration des deux latinistes, que le vieux savant se sentit curieux de connaître quelles étaient les personnes qui venaient chercher ainsi la solitude pour se livrer en liberté à leurs goûts classiques. Il se glissa avec précaution d'arbre en arbre, et ne tarda point à découvrir deux jeunes gens couchés sur le gazon et traduisant à livre ouvert les belles pages du poète romain. Un passage difficile se présenta ; souvent ce passage avait embarrassé le magister, qui ne savait comment en expliquer le sens. Je vous laisse à penser avec quelle attention le digne pédagogue prêta l'oreille. L'aîné des deux jeunes gens, sans hésiter, sans chercher, expliqua les vers ambigus d'une façon si nette, si satisfaisante, que l'écouteur ne put retenir une exclamation admirative.

Au cri jeté par le vieillard, les jeunes gens levèrent la tête. Le maître d'école resta ébahi et dans une sorte d'anéantissement. L'un des studieux promeneurs était Pierre-Paul Rubens, qu'il avait quelquefois rencontré dans les rues d'Anvers, et qu'il avait remarqué ; car on le citait dans la ville pour sa beauté et pour les brillantes dispositions artistiques qu'il annonçait : l'autre ressemblait à son ancien et indocile écolier, Gaspard Crayer. Si c'était lui toutefois, il était bien changé. Une année l'avait grandi beaucoup et donnait à sa physionomie quelque chose de mâle et de grave que le magister aurait cru incompatible avec une mine si éveillée et des habitudes si taquines d'autrefois. D'ailleurs, comment supposer que Gaspard Crayer, qui savait tout au plus, l'année dernière, lire et écrire, comprît maintenant la langue latine et Virgile avec autant de clarté que s'il eût lu un livre écrit dans son idiome paternel!

Il ne put garder aucun doute à cet égard, lorsqu'il vit Gaspard se lever, venir à son maître et le saluer respectueusement.

Le magister répondit profondément et presque avec vénération au jeune homme qu'il férulait si souvent naguère; puis, quand il fut revenu de sa première surprise :

« Comme vous voilà devenu un savant linguiste! dit-il.

— C'est grâce aux leçons de mon cher maître, répliqua Gaspard en se tournant avec affection vers Rubens. Pierre-Paul veut bien consacrer une partie de ses soirées à m'initier aux beautés des auteurs classiques.

— Des auteurs classiques! répéta le magister

avec surprise; vous ne vous en tenez donc pas
à Virgile?

— Grâce à l'ardeur et aux progrès de mon
ami, ajouta Rubens, nous y joignons Tacite,
Juvénal, Hérodote et Homère. »

Pour le coup, le magister crut rêver.

« Hérodote et Tacite! Hérodote et Tacite!
Mais Gaspard sait donc aussi le grec?

— Nous avons commencé à étudier à la fois
la langue latine et la langue grecque; les heureuses dispositions de Crayer l'ont bientôt mis
à même de les comprendre : avant peu, je l'espère, il les parlera.

— Tout cela est exact, mon cher maître, reprit Gaspard en employant les expressions les
plus pures et les plus harmonieuses de la langue latine; tout, à l'exception d'une seule :
c'est que le mérite et la bonté du professeur
ont seuls opéré le prodige. »

Rubens serra la main de son ami ; les deux
jeunes gens saluèrent le vieillard et s'éloignè-
rent sans discontinuer leurs études.

Le magister ne pouvait revenir de sa surprise; il ne connaissait encore que la moitié du
changement survenu dans le caractère de Gaspard et des progrès qu'avait faits son éducation.
Maître Otto Venius le citait, après Rubens,

comme l'élève sur lequel il fondait le plus d'espérances. Ardent au travail, arrivé à l'atelier

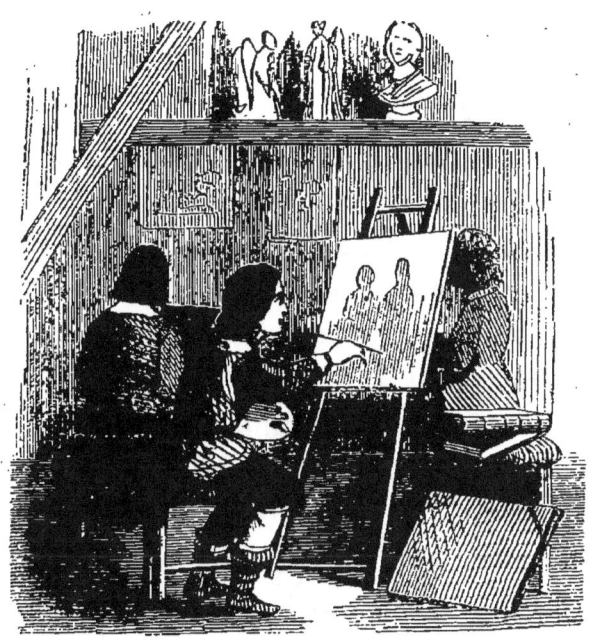

avant tous ses camarades, Crayer ne laissait point perdre une seule minute de la journée. Il ne quittait le soir le pinceau que pour prendre le crayon. C'était seulement à la nuit close, vers l'heure du souper, qu'il rentrait au logis. Là, il consacrait quelques instants aux affections et aux devoirs de la famille, donnait à ses sœurs des leçons de lecture et d'écriture, devisait avec la vieille Gudule, se faisait rendre compte par elle des affaires du logis, et se couchait ensuite de bonne heure, pour pouvoir arriver le lendemain avant le jour à l'atelier de son maître.

Deux années s'écoulèrent durant lesquelles le talent de Gaspard commença à prendre un caractère bien franc et qui comblait de joie Otto Venius et Rubens.

Cependant, à leur grande surprise, Gaspard tomba tout à coup dans une tristesse profonde ; on le surprenait souvent à essuyer furtivement une larme, et il lui arrivait de rester des heures entières devant sa toile sans y donner un seul coup de pinceau. La tête baissée sur la poitrine, les bras pendants, il se laissait aller à ses pensées, et n'en sortait, en tressaillant, qu'après avoir été appelé à haute voix par son maître ou par son ami.

Plusieurs fois tous les deux l'avaient interrogé tendrement et pressé de questions sur la cause de sa tristesse. Rien n'avait pu déterminer Gaspard à confier son secret. Il avait toujours répondu en niant qu'il fût triste et qu'il eût des peines cachées.

Bientôt on remarqua dans ses habitudes studieuses un changement notable. Au lieu d'arriver, comme par le passé, le premier à l'atelier, il n'y venait que tard. Peu à peu même il poussa l'inexactitude jusqu'à laisser écouler plusieurs jours sans y paraître. Rubens lui en fit de tendres reproches, et Otto Venius, après plusieurs remontrances paternelles, résolut d'employer les moyens de sévérité. Un matin donc que Gaspard reparaissait chez son maître, après une absence de plusieurs jours, celui-ci le fit appeler et lui demanda les motifs d'un pareil changement dans sa conduite.

Gaspard baissa la tête et ne répondit pas.

« Vous avez cessé d'être laborieux, continua Otto Venius; vous venez rarement à l'atelier, et, quand vous y venez, des idées étrangères s'emparent tellement de votre imagination, que vous ne faites rien et que vous vous laissez aller à d'oiseuses rêveries. Je ne saurais tolérer plus long-temps une pareille conduite. »

Gaspard ne répondit pas.

« Eh! quoi, c'est ainsi que vous recevez mes réprimandes, s'écria Otto Venius indigné; au lieu de reprendre la conduite honorable et régulière dont vous avez fait preuve si long-temps, au lieu de me promettre de réparer vos fautes, vous n'avez même pas une bonne parole à me dire. Puisqu'il en est ainsi, je vous donne un mois pour vous amender. Dans un mois, si vous n'êtes pas revenu attentif, laborieux

3

et assidu à mes leçons, je vous chasserai. »

Gaspard couvrit son visage de ses deux mains et murmura :

« Je ne le puis ! je ne le puis !

— Mais quels motifs vous en empêchent ? Parlez, du moins, justifiez votre conduite. »

Gaspard se mit à pleurer, mais il ne dit rien.

« Les larmes sont la ressource des lâches, dit maître Otto Venius en présence de tant d'obstination ; allez, je le comprends, vous êtes indigne de vous consacrer au grand art de la peinture. Vous vous rendez justice en y renonçant. Elle ne saurait que faire d'un cœur ingrat. Sortez de chez moi et n'y revenez plus. »

En achevant ces mots, il fit signe à Gaspard de sortir.

Gaspard étendit les mains vers lui avec désespoir, comme s'il eût voulu parler ; mais il ne put que balbutier quelques mots confus, et il s'enfuit.

Dès que Rubens eut appris la triste scène qui venait de se passer, il courut aussitôt au logis de Gaspard, et n'y trouva personne, à sa grande surprise. Depuis un mois toute la famille Crayer avait quitté la jolie petite maison pour aller habiter un autre quartier. Rubens se rendit à l'adresse qu'on lui avait indiquée.

Là il vit la vieille Gudule, qui achevait de faire charger des meubles sur une voiture.

Quand elle aperçut Rubens, elle ne put retenir ses larmes.

« Vous quittez Anvers ? s'écria-t-il. Quoi ! Gaspard emmène sa famille hors de cette ville, où il compte tant d'amis : où veut-il donc aller ?

— C'est le secret de mon jeune maître, répondit-elle. Il m'a défendu de le révéler, même à ses sœurs.

— Mais sa raison l'abandonne, je commence à le craindre !

— Fou ! mon jeune maître ! dit Gudule hardiment et avec une brusque franchise. Ne dites pas de mal de Gaspard, et gardez-vous surtout d'en penser. Il ne mérite que l'admiration et le respect de ses amis. Il est digne de la tendresse de ceux qui l'aiment ; il doit la posséder maintenant plus que jamais.

— Mais pourquoi quitte-t-il la ville ? Pourquoi abandonne-t-il l'art de la peinture ? Pourquoi s'est-il fait chasser de l'atelier de maître Otto Venius ?

— Chasser ! reprit avec colère Gudule ; chasser ! Maître Otto-Venius n'a fait que prévenir mon cher Gaspard : Gaspard allait lui faire ses adieux.

— Il y a dans tout ceci, ajouta Rubens, un mystère que je pénétrerai malgré votre discrétion, Gudule, et en dépit du manque de confiance que me témoigne Gaspard.

— Dieu vous entende ! répliqua Gudule ; car je le tiens pour certain, si vous connaissiez les chagrins de mon maître, vous y trouveriez des remèdes et des consolations.

—Mais puisque telle est votre pensée, pourquoi vous obstinez-vous à vous taire ! demanda Rubens avec impatience.

— Parce que j'ai promis à mon maître de garder fidèlement son secret, répondit avec simplicité la bonne fille.

— Adieu, Gudule, à bientôt ; quand bien même vous partiriez pour les Grandes-Indes, fit le jeune homme en s'éloignant.

Rubens, malgré cette menace et malgré ses recherches sur le sort de Gaspard, ne parvint à rien découvrir de la destinée de son ami.

Deux années s'écoulèrent, après lesquelles il songea lui-même à quitter Anvers pour se rendre en Italie. Il lui tardait de compléter son éducation artistique par l'étude des grands maîtres de Rome, de Venise et de Florence. Otto

Venius, quelque chagrin que lui causât la pensée de ce départ, le pressait de ses conseils ;
car il savait que Rubens, par ce voyage, ac-
querrait encore plus de talent, et pourrait enfin
devenir lui-même et se conquérir la brillante
renommée qui l'attendait infailliblement.

Le digne maître présenta donc son élève
aux archiducs Albert et Isabelle, qui firent re-
mettre à Rubens des lettres de recommanda-
tion pour les souverains dont il allait visiter
les états et les cours.

Les amis de Rubens et ses camarades d'atelier résolurent de l'accompagner jusqu'à quelque distance de la ville, afin de s'en séparer
moins vite et de lui donner une nouvelle preuve
de leur affection. Ce fut donc entouré d'une
nombreuse et brillante cavalcade qu'il quitta
Bruxelles.

Au moment où le cortége traversait un des
faubourgs les plus pauvres de la ville, Rubens,
en levant par hasard la tête, vit un barbouil-
leur qui peignait à grands coups de brosse les
lettres gigantesques d'une enseigne.

Par un mouvement de curiosité machinale,
il s'approcha quelque peu et reconnut, à sa
grande surprise, Gaspard Crayer dans le peintre en bâtiment. Il ne fut point le seul qui le

reconnût, car Otto Venius s'écria en levant la
main :

— Voyez ce misérable, il a préféré ce métier
à la noble profession de peintre, et tout cela
pour gagner plus vite de l'argent,

Voici deux ans que je cherche en vain à pé-
nétrer ce mystère, pensa Rubens. Cette fois,
il ne m'échappera point, avant de quitter
Bruxelles, je le connaîtrai.

Le cortége continua sa route sans que Crayer
y eût pris garde, sans qu'il eût entendu la parole d'Otto Venius, tant il était préoccupé par
la peinture de ses lettres d'enseigne.

IV.

Le peintre en bâtiment.

Gaspard Crayer, vous le savez, ne s'était
point retourné pour voir passer la cavalcade qui
accompagnait Rubens. Perché sur son échafaudage, peut-être même n'avait-il point remarqué le mouvement qui se faisait au-dessous
de lui, ni le bruit des chevaux qui passaient à
ses pieds. Il ne faut point, du reste, attribuer
une si grande préoccupation aux seuls soins
qu'exigeait sa vulgaire besogne. On aurait com-

pris facilement, à voir son visage triste et son front soucieux, que ce jeune homme se trouvait accablé sous le poids de pensées douloureuses et peu ordinaires à son âge.

Il continua à travailler jusqu'au soir, agissant d'une façon machinale, les bras à l'ouvrage et l'imagination bien loin de ses grossiers pinceaux et des lettres gigantesques qu'il traçait. Quand la nuit l'obligea à descendre de son échafaudage, il rassembla ses outils et se laissa glisser le long de son échelle. Sa surprise ne fut

point médiocre, en voyant au bas de l'échafaudage un cavalier qui l'attendait et qui lui posa la main sur l'épaule.

Gaspard tressaillit et recula, car il avait nommé Pierre-Paul Rubens.

Celui-ci lui tendit les bras pour l'embrasser ; Gaspard se retourna.

« Non, dit-il, l'ouvrier ne doit plus accepter ces témoignages d'amitié du peintre. Nous ne sommes plus égaux, messire. Je ne puis l'oublier.

— Je t'ai aimé et je t'aime encore comme un frère, interrompit Rubens. Si tu m'as oublié, si tes sentiments pour moi ne sont point semblables, je m'en afflige, mais ils ne changerait rien à mon amitié pour toi. Je t'aime aussi tendrement que par le passé, malgré ton ingratitude, Gaspard. »

Deux grosses larmes roulèrent dans les yeux de l'ouvrier.

« Ingrat ! répéta-t-il, ingrat ! le ciel m'est témoin qu'il n'est point de jour, qu'il n'est point d'heure de ma vie où ma pensée ne se reporte près de vous, messire Rubens, et vers le temps heureux que j'ai passé dans l'atelier de maître Otto Venius.

— Et tu t'es enfui de cet atelier, comme s'il eût été un enfer pour toi ? Et tu m'as quitté, moi, ton ami, moi ton frère, sans me dire un adieu, sans me serrer la main, comme si je t'eusse offensé. Et cependant, Gaspard, telle est mon affection pour toi, que jamais je n'ai conçu même une pensée de reproche et d'amertume contre toi. Non, je ne t'ai jamais accusé. Loin de là, je t'ai défendu contre le blâme de nos camarades, et j'ai essayé de te justifier près de maître Otto Venius, si justement irrité.

— Voilà le noble cœur dont il a fallu me séparer ; voilà les trésors de tendresse que j'ai perdus pour toujours, s'écria Gaspard.

— Pourquoi seraient-ils perdus, puisque je te les rapporte, puisque je viens te supplier de les reprendre. Ecoute-moi bien, Gaspard ; en essayant de te justifier, je ne faisais, crois-le bien, qu'exprimer une profonde conviction. Non, je te sais des sentiments trop nobles et le cœur trop bien placé pour te croire capable de commettre une lâcheté et une action indigne d'une âme généreuse. »

Gaspard voulut porter à ses lèvres la main de Rubens ; Rubens se jeta dans ses bras.

« Viens, frère, lui dit-il, je ne te demande pas ton secret, mais je t'adjure de revenir à l'art que tu as négligé d'une façon si coupable, et à ma tendresse, qui a si vivement senti ton abandon. Loin de nous le passé ! ne songeons plus qu'au présent. Je pars pour l'Italie ; accompagne-moi, tout sera commun entre nous comme autrefois ; nous ne nous quitterons point ; nous serons deux pour supporter les fatigues du voyage, deux pour admirer les chefs-d'œuvre des grands maîtres. Nous vois-tu, cher Gaspard, nos bras fraternellement enlacés, échanger nos sensations en face des tableaux de Raphaël, que tu aimes de prédilection, et du vieux Michel-Ange, vers lequel m'entraîne un penchant impérieux ! c'est encore le Titien, Caravage, Corrége et tant d'autres, qui nous attendent et qui nous appellent ! allons, viens, Gaspard, viens ! »

— Ainsi, reprit Gaspard, toi seul as pris ma défense, toi seul m'as jugé comme je devais l'être ; toi seul, Rubens, tu connaîtras donc mon secret ; tu vas tout apprendre, tu me jugeras ensuite. »

Rubens prit le bras du jeune homme, et celui-ci conduisit son ami, à travers diverses petites rues, jusque dans un des plus pauvres quartiers de la ville. Là, il lui fit monter six étages, et il l'introduisit dans une petite chambre où trois jeunes filles travaillaient avec ardeur, sous la direction d'une vieille femme.

C'étaient les sœurs de Crayer et la vieille Gudule.

Rubens porta ses yeux avec surprise autour de lui. Tout y annonçait une pauvreté courageusement combattue. L'ordre et la propreté régnaient en souveraines absolues dans cet humble réduit.

« Comprends-tu maintenant pourquoi j'ai cessé d'être peintre ? » demanda Gaspard.

Rubens serra silencieusement la main de son ami.

« Le petit patrimoine que nous avait laissé ma grand'mère, continua le jeune homme, avait été confié par elle à un négociant d'Anvers. Celui-ci, ruiné par des spéculations malheureuses, succomba au chagrin que lui causaient la perte de sa fortune, et peut-être le remords d'avoir dépouillé quatre pauvres orphelins.

» Qu'aurais-tu fait à ma place, Pierre-Paul ? Assurément ce que j'ai fait, n'est-ce pas ? Tu aurais renoncé à toute pensée personnelle pour remplir tes devoirs envers tes sœurs ! En restant dans l'atelier de maître Otto Venius, quatre ou cinq années devaient s'écouler encore avant que je pusse gagner quelque argent. Un métier donnait tout de suite du pain à mes sœurs.

44

» Tu sais tout maintenant.

— Pourquoi n'es-tu point venu me confier ton secret ? Pourquoi m'as-tu fait un mystère de ton malheur ? j'aurais trouvé un moyen d'y remédier. Une partie de la journée, nous aurions travaillé ensemble à quelque métier pour gagner de l'argent, et nous aurions donné le reste à l'étude de la peinture. Dis, Gaspard, pourquoi m'as-tu caché tes malheurs et ton secret ?

— Tu me le demandes, Pierre-Paul, toi dont le cœur a tant de fierté et de délicatesse ? Dieu pardonne à ceux qui m'ont mal jugé, Dieu te bénisse, Rubens, toi qui n'as jamais accusé ton ami, toi qui lui es resté fidèle et dévoué, même quand les apparences étaient contre lui ! Je suis triste et heureux à la fois de t'avoir revu. Désormais, je le sens, mes brosses pèseront davantage à mes mains, et les regrets de mon art perdu me reviendront avec plus d'amertume. Adieu ! pars pour l'Italie et sois heureux. »

Rubens serra d'une façon distraite la main que lui tendait Gaspard, et sortit précipitamment.

Ce brusque départ de Pierre-Paul affligea

vivement Crayer, et lui fut plus douloureux que les privations qu'il éprouvait.

« Le malheur est donc bien funeste, puisque sa présence glace et fait fuir les meilleurs cœurs ! » pensa-t-il avec amertume.

Pour écarter ces idées insupportables, il alla s'enfermer dans une petite pièce voisine, qui lui servait à la fois de chambre à coucher et d'atelier : car si la pauvreté l'obligeait à consacrer ses journées à un travail mécanique et vulgaire, Gaspard employait ses soirées à continuer ses études de peinture, et prenait même souvent sur ses nuits pour se livrer à une passion que les obstacles n'avaient fait que rendre plus ardente et plus invincible. Dépourvu de conseils, sans direction, sans personne pour l'encourager, le pauvre jeune homme marchait au hasard, inquiet, en défiance de lui-même, et craignant toujours d'entrer dans une mauvaise voie. C'était un véritable supplice que d'aller ainsi en tâtonnant, avec la triste conviction qu'on ne se dirige vers aucun but et qu'on n'arrivera jamais. Si son travail du soir était d'ordinaire toujours en proie à de pareils découragements, je vous laisse à penser de ce qu'il en fut après le départ de Rubens. En vain Gaspard voulut-il préparer sa palette et se mettre à l'œuvre, le pinceau tombait de ses mains chaque fois qu'il l'approchait de la toile. Après une longue lutte, il se leva par un brusque mouvement, plein de colère et de dépit, et jeta le pinceau loin de lui.

En ce moment, des pas se firent entendre, et la porte s'ouvrit. C'était Rubens, suivi d'un vieillard.

« Venez de ce côté, maître Schlayer, lui dit Rubens; je vais vous montrer le tableau que je veux vous vendre. »

Il ramassa la toile que venait de jeter Crayer, et la présenta au marchand.

Celui-ci examina le tableau avec une défiante

attention, le tourna et le retourna dans ses mains, et finit par dire :

« Ce *Job sur le fumier* n'est pas peint dans votre manière ordinaire, maître Rubens ; j'y vois moins de fougue, mais plus d'étude et de sagesse. Tel qu'il est, ce n'est pas une de vos plus mauvaises œuvres ; mettez-y votre nom, et je vais vous payer sur-le-champ le prix que je vous ai donné de votre dernier tableau.

» Marché conclu ! répliqua Rubens en apposant son nom au bas de la toile.

Crayer fit un mouvement pour l'en empêcher ; Rubens l'arrêta.

« Ce n'est point tout, maître Schlayer. Vous m'aviez demandé de vous envoyer d'Italie huit tableaux ; je n'avais voulu m'engager qu'à vous en peindre quatre. Eh bien ! j'accepte votre première proposition.

— Marché conclu, mon jeune maître, se hâta de répéter le marchand ; je vais aller querir les cinq cents écus d'arrhes que je vous avais proposés.

— J'irai les prendre demain matin chez vous, interrompit Rubens. Bonsoir. »

Et il congédia le vieux marchand.

Quand ils furent seuls, Crayer se jeta dans les bras de son ami.

« Eh bien ! lui dit Rubens, es-tu content ? refuses-tu encore de m'accompagner en Italie ? Les cinq cents écus de maître Schlayer assureront, pendant les premiers temps de ton absence, le bien-être de tes sœurs ; tu leur enverras d'Italie d'autres subsides.

— Et tu crois que je vais accepter tant de générosité ? que je te laisserai mettre ton nom au bas de tableaux qui ne sont pas de toi ? Non, je te le jure, il n'en sera rien ; je ne le souffrirai pas !

— Ce n'est pas non plus mon intention ; je rougirais de voler une gloire qui ne m'appartient pas, répliqua Rubens en riant : laisse-moi donc le temps de réaliser mes projets jusqu'au bout, ton ardeur t'emporte sans cesse, comme un cheval fougueux. Fais tous tes préparatifs de voyage ; demain, maître Schlayer signera avec toi un marché pour les quatre tableaux que je me suis engagé tout à l'heure à lui livrer : ce sera lui qui te priera de le signer de ton nom de Gaspard Crayer. Voyons, cela te satisfait-il ? tes scrupules pourront-ils enfin s'apaiser ?

— Tu es un si étrange magicien que je crois possibles tous les marchés que tu voudras faire ;

il me semble que je suis le jouet de quelque
bon rêve.

— Passe le reste de cette soirée avec tes
sœurs ; annonce-leur ton départ pour demain
soir, je vais retrouver ma mère. Quant à maître Otto Venius, il ne saura que demain le re-
tard apporté à mon voyage ; trouve-toi demain
matin, vers onze heures, à la boutique de
Schlayer. »

Il n'est point besoin de conter quelles furent
les émotions de Gaspard durant la soirée ; enfin,
on comprendra sans peine qu'il ne dormit point
de toute la nuit.

Le lendemain, il se rendit au rendez-vous
que Rubens lui avait donné ; il trouva le *Job
sur le fumier* installé à la place d'honneur,
dans la boutique du marchand de tableaux. Un
grand nombre de curieux et d'amateurs rem-
plissaient la boutique. Rubens fit signe à son
ami d'entrer dans un petit cabinet dont la porte
ouvrait sur la boutique, et d'où, sans être vu,
on pouvait voir et entendre tout ce qui se passait.

Maître Otto Venius ne tarda point à arriver
avec ses élèves. A la vue de *Job,* il jeta un cri
de surprise.

« Comment Rubens ne m'avait-il point parlé

de ce tableau ? s'écria-t-il, il a rarement fait mieux ; je trouve dans cette toile des qualités qu'il ne possède pas toujours, et des défauts contre lesquels je n'avais jamais eu à le tenir en garde. Si je ne lisais pas son nom au bas de cette toile, je supposerais qu'il ne l'a point peinte ; mais elle est bien de lui, car les Pays-Bas ne possèdent point, par malheur, d'autre peintre capable d'exécuter une œuvre de cette importance.

— Vous me permettrez, mon cher maître, d'oser, pour la première fois de ma vie, combattre une de vos opinions, dit Rubens en sortant de sa cachette.

Et, profitant de l'étonnement que causait sa présence inattendue, il prit un pinceau et écrivit au bas *Job,* et au-dessus de la signature qu'il y avait apposée la veille :

Ceci est l'ouvrage de Gaspard Crayer, je le signe.

Puis il alla prendre Gaspard dans le cabinet, l'amena devant Otto Venius, et raconta ensuite le dévouement sublime et la généreuse abnégation de son ami.

Otto Venius embrassa Gaspard, et lui demanda pardon de l'avoir si mal jugé.

Il ne me reste plus qu'un coup de baguette

à donner, dit Rubens en riant, pour accomplir mon œuvre de féerie. Venez ici, maître Schlayer : — Consentez-vous à prendre, en échange des quatre tableaux dont nous avons traité hier, quatre tableaux de Gaspard Crayer?

—Je n'accepte que la moitié de votre offre; maître Crayer m'enverra huit tableaux, et vous huit.

— Marché conclu! répondit Rubens, en parodiant l'expression favorite du marchand; vite, du parchemin et une plume, écrivez le marché, Gaspard le signera. Bon, voilà qui est fait. Maintenant, adieu mon maître, adieu mes amis ; viens Gaspard, partons pour l'Italie.

V.

Nous pouvons maintenant laisser écouler cinq années, et nous arrêter à Bruxelles, dans la rue Montagne-aux-Herbes-Potagères, devant la boutique d'une marchande de toile. Une vieille femme est la maîtresse de cet établissement, et trois jeunes filles, dont l'aînée compte dix-huit ans au plus, la secondent dans les soins du commerce.

La vieille femme se nomme Gudule, et les jeunes filles sont les sœurs de Gaspard.

En partant pour l'Italie, Gaspard, vous le savez, avait laissé à ses sœurs et à leur mère adoptive une somme de cinq cents écus. Depuis ce temps, il leur avait envoyé, par l'entremise de maître Schayer, de l'argent à cinq ou six reprises différentes. Ces envois étaient accompagnés de lettres où il exhortait ses sœurs au travail, à la tendresse et à la soumission pour Gudule. Il y ajoutait peu de détails sur lui et ne parlait guère que des difficultés et des études que l'art exigeait de ceux qui se dévouaient à son culte.

Chaque fois, Gudule avait reçu l'argent avec un sourire plein de mystère et de finesse. Ce sourire avait toujours beaucoup intrigué maître Schlayer, qui croyait y lire à la fois une joie extrême et une sorte d'indifférence pour la valeur numérique de la somme. Il ne concevait pas que cette femme, levée avant le jour, et, du matin au soir astreinte aux fatigues d'une boutique et de la vente en détail, touchât un gros sac d'écus avec des sentiments énigmatiques.

Un matin, qu'elle trônait dans son comptoir, deux pratiques entrèrent dans la boutique. L'une était un jeune homme de haute taille; l'autre, plus petit, ne le lui cédait pourtant point en bonne mine. La couleur brune de leur teint semblait annoncer des étrangers. Ils demandèrent de la toile à la marchande, en examinèrent plusieurs pièces que leur montra Gudule, et finirent par faire diverses emplettes.

Tout à coup, un des acheteurs ne put retenir ses larmes et se jeta en sanglotant au cou des jeunes filles stupéfaites.

« Mes sœurs, s'écria-t-il, mes sœurs! ma bonne Gudule! »

C'était Gaspard Crayer et son ami Rubens.

Je vous laisse à penser l'émotion et le bonheur que causa aux jeunes filles et à la vieille Gudule le retour inattendu de celui qui n'avait cessé, depuis cinq ans, d'être l'unique objet de leurs entretiens et de leurs vœux.

Rubens s'esquiva pour laisser ses amis en liberté à leurs doux épanchements. Les cinq heureuses personnes se retirèrent dans le petit cabinet ménagé derrière le magasin. Là, elles s'embrassèrent de nouveau et se livrèrent à ces causeries qui sont si douces, si pleines d'épanchements après une longue absence.

Gudule et les deux jeunes filles ne pouvaient se lasser de regarder leur cher Gaspard. Cinq années d'absence lui avaient ôté tout ce qui lui restait d'adolescence à son départ. C'était maintenant un jeune homme à la physionomie mâle, et dont le front vaste et pur annonçait les pensées graves et les études incessantes d'un artiste.

« Comment se fait-il donc, ma chère Gudule, demanda-t-il en portant ses yeux autour de lui avec curiosité, comment se fait-il donc que tu aies à Bruxelles un magasin de toile et que tu te sois établie marchande? L'argent que je t'envoyais d'Italie ne te suffisait donc pas ? »

Gudule, sans répondre un seul mot, prit une des grandes clefs attachées au trousseau de sa ceinture, et ouvrit un de ces vastes bahuts ciselés qui ornaient à cette époque toutes les maisons flamandes. La clef tourna trois fois, le pêne manœuvra avec un bruit sonore, et les deux battants s'ouvrirent.

Six gros sacs de toile pleins d'argent se trouvaient rangés sur les planches intérieures de l'armoire.

« Mon maître, dit elle, voici les cinq sacs que maître Schlayer m'a apportés de votre part. A côté d'eux, vous voyez un sac qui contient cinq cents écus, somme égale à celle que vous m'avez donnée le jour de votre départ. »

Et comme Gaspard exprimait sa surprise et sa curiosité :

« Et quoi, mon enfant, reprit-elle, tandis

que vous vous étiez sacrifié pour nous durant
cinq années ; tandis qu'en partant pour l'Italie,
vous ne vous étiez réservé que la somme stric-
tement nécessaire pour votre voyage, vos sœurs
et moi nous aurions pu vivre ici dans l'inaction
et aux dépens de votre travail ! Non, par Notre-
Dame, il ne pouvait en être ainsi. Le lendemain
de votre départ, j'ai dit à vos sœurs : « Mes
enfants, il faut nous montrer dignes de votre
frère ! Il faut, comme lui, travailler avec ar-

deur, et je leur ai fait part de mon projet. L'exécution en était facile, car, dans ma jeunesse, mon père faisait le commerce de la toile, et j'avais été élevée à en connaître la valeur et la qualité. Avec cinq cents écus comptant on pouvait faire des achats avantageux ; j'eus donc bientôt mon fonds de magasin ; j'ouvris boutique, je ne vendis que de bonnes marchandises et je me contentai d'un bénéfice honnête. Dieu a fait le reste ! si bien, cher Gaspard, si bien qu'aujourd'hui, non-seulement je puis vous rendre intactes les sommes que vous nous avez envoyées, mais encore le jour où chacune de vos sœurs se mariera, elle trouvera une dot de dix mille bonnes livres !

— Vous avez fait tout cela, ma bonne Gudule ; oh ! comment vous témoigner mon admiration et ma reconnaissance ?

— En m'embrassant encore une fois et en ne m'en parlant plus, répondit-elle. Qu'est-ce que cette misère-là auprès de vous ? de vous qui vous étiez fait ouvrier pour nourrir vos sœurs et leur vieille servante, de vous, qui vous priviez peut-être du nécessaire en Italie pour nous envoyer de l'argent. Bien des fois j'ai voulu vous écrire de n'en rien faire, mais j'ai craint que ce rusé maître Schlayer, le seul par qui je pusse vous faire parvenir ma lettre, vous payât moins cher vos tableaux. Enfin, vous voici de retour, nous sommes réunis, ne pensons plus qu'à notre bonheur. Voyons, vous sentez-vous content de votre position, maître Gaspard ? Êtes-vous heureux ? Êtes-vous riche ? Votre talent et votre renommée sont, n'est-ce pas, tels que vous méritez de les posséder ?

— Ma renommée et mon talent peut-être sont en bon chemin, répliqua-t-il avec un sourire ; mais quant à ma fortune, je l'avouerai franchement, elle est fort loin d'égaler celle que tu as faite.

— Eh bien ! dit Gudule, vous partagerez avec vos sœurs ; elles seront heureuses de vous témoigner leur reconnaissance et leur tendresse. »

Les jeunes filles entourèrent leur frère et le pressèrent dans leurs bras.

En ce moment Rubens accourut.

« Gaspard, dit-il, notre souverain, l'archiduc Albert, nous fait mander à sa cour aujourd'hui à trois heures. Voici qu'il en est deux ; il nous reste à peine le temps de prendre un costume convenable, hâte-toi et viens me chercher dès que tu seras prêt.

L'archiduc et sa femme, la princesse Isabelle, reçurent avec l'accueil le plus bienveillant les deux jeunes peintres. Après avoir admiré les études qu'ils rapportaient d'Italie, la gouvernante des Pays-Bas nomma Gaspard Crayer et Rubens les peintres de sa cour, et remit à chacun d'eux une riche chaîne d'or. Puis elle s'informa avec bonté de l'émotion que le retour de Rubens avait causée à sa mère.

« Quant à vous, maître Gaspard, ajouta-t-elle, vous avez été moins heureux, car, hélas ! vous êtes orphelin !

— J'ai une mère adoptive, » répondit-il.

Et il raconta l'histoire du dévouement de Gudule, sa tendresse pour ses sœurs et l'intelligence avec laquelle elle avait su créer une fortune aux trois jeunes filles confiées à ses soins.

« Cela est noble, cela est touchant, s'écria la princesse émue. Eh bien ! je veux aussi entrer pour quelque chose dans le bonheur de vos sœurs. Je veux devenir la rivale de dame Gudule, et voir si je ne puis, à mon tour, augmenter la fortune du magasin de toile de la rue Montagne-Potagère. »

Et comme un sourire entr'ouvrait les lèvres de Gaspard :

« Vraiment, fit-elle, vous croyez qu'en notre

qualité de gouvernante des Pays-Bas, nous ne sommes point habile dans les spéculations commerciales? Ce doute est une véritable erreur. Nous avons fait et nous avons maintenu des traités commerciaux qui ont assuré la prospérité du pays confié à notre administration. Sa majesté catholique l'empereur Charles-Quint a daigné nous en témoigner souvent sa satisfaction. Quant au commerce de toile, vous verrez que nous nous entendons aussi bien, même mieux que dame Gudule, à le faire prospérer; elle-même proclamera, devant vous, notre supériorité. »

Le lendemain, à midi, Gaspard Crayer devisait paisiblement assis dans l'arrière-boutique du magasin de toile, entre la vieille femme et les trois jeunes filles, lorsque tout à coup un grand bruit de chevaux se fit entendre. Chacun accourut sur la porte pour voir le cortége qui s'avançait. C'était la gouvernante des Pays-Bas dans son carrosse, et entourée de toute sa cour. Le carrosse s'arrêta devant la boutique de dame Gudule.

La princesse descendit, entra dans le magasin, et vint s'asseoir en face de la marchande stupéfaite, qui s'était instinctivement placée dans son comptoir.

— Or çà, dame Gudule, fit la princesse Isabelle, je viens vous dire que votre fils adoptif, maître Gaspard Crayer, m'a conté hier tout le dévouement que vous avez montré à ses sœurs et à lui. En ma qualité de gouvernante des Pays-Bas et de femme, je ne pouvais laisser tomber dans l'oubli une conduite vertueuse qui honore à la fois le pays confié à mon gouvernement et le sexe auquel j'appartiens.

» Je viens donc vous dire, en présence de toute ma cour, que je vous tiens en grande estime autant qu'en vive admiration. Désormais, nulle autre marchande que vous ne sera chargée des fournitures de toile de notre maison. J'espère trouver plus d'un imitateur parmi les personnes qui m'accompagnent, ajouta-t-elle en se tournant vers les courtisans : qui m'aime m'imite. »

Gudule, stupéfaite, se croyait le jouet d'un rêve, et ne put répondre aux bontés de la princesse que par une de ses plus profondes et plus belles révérences.

« Eh bien, maître Crayer, demanda la fille de Charles-Quint en se tournant vers le jeune peintre, croyez-vous que je sois une inhabile marchande ?

— Vous êtes la plus spirituelle des femmes, comme la plus noble et la plus grande des princesses, répliqua-t-il en mettant un genou en terre. Je suis vaincu, madame, et j'avoue ma défaite avec des larmes de reconnaissance ; ce que vous venez de faire pour ma vieille amie m'est plus doux encore que toutes les faveurs personnelles dont vous avez daigné me combler.

— Relevez-vous, dit-elle ; je suis heureuse de ma victoire et de la joie qu'elle vous cause. »

Gaspard n'obéit point à l'ordre de la princesse.

« Je supplie votre altesse royale de me permettre de rester dans cette attitude de suppliant, car j'ai encore une faveur à requérir de son inépuisable bienveillance.

— Et laquelle, s'il vous plaît ? reprit-elle évidemment satisfaite du succès qu'avaient obtenu sa visite inattendue et l'habile scène qu'elle avait préparée.

— Je requiers humblement, de votre altesse royale, la permission de retracer, dans un tableau, l'honneur que madame la Gouvernante des Pays-Bas a daigné faire à la vieille marchande de toile, et de la peindre assise devant le comptoir de ma mère adoptive.

— J'y consens bien volontiers, répondit-elle ; quand on honore la vertu, on doit s'estimer heureux de voir se perpétuer l'hommage qu'on lui a rendu. Faites donc votre tableau, maître Gaspard Crayer : l'original en sera posé dans notre palais de Bruxelles. Vous en placerez une reproduction dans la boutique même de dame Gudule; c'est un cadeau que je veux lui faire, en témoignage de mon affection. »

Elle sortit en disant cela. Dame Gudule accompagna la princesse jusqu'à sa voiture, et quand elle eut vu s'éloigner le carrosse et la brillante cavalcade qui l'entourait :

« Dieu nous est venu en aide, parce que nous avons espéré en lui, fit-elle. Allons le remercier à l'église des bontés dont il nous a comblés en ce jour. »

IMPRIMÉ PAR PLON FRÈRES, A PARIS.

www.ingramcontent.com/pod-product-compliance
Lightning Source LLC
Chambersburg PA
CBHW060806180626
46818CB00002B/720